Climas de nuestra nación

Lada Josefa Kratky

NATIONAL GEOGRAPHIC LEARNING | CENGAGE Learning

Además de tener gran diversidad de personas de todo el mundo, Estados Unidos abarca una inmensa variedad de climas. Vamos a aprender más acerca de algunos de estos climas.

Hacia el oeste, el clima se vuelve semiárido, que quiere decir que no cae mucha lluvia. ▼

En la costa del Pacífico, al oeste de las montañas, hay zonas de clima mediterráneo y zonas de clima marítimo. ▶

Al norte está Alaska, que pertenece a la zona ártica. ▼

Al oeste, en medio del océano Pacífico, están las islas de Hawaii, de clima tropical. ▶

WASHINGTON

MONTANA

OREGON

IDAHO

WYOMING

NEVADA

UTAH

COLORADO

CALIFORNIA

ARIZONA

NUEVO MÉXICO

ALASKA

HAWAII

OCÉANO PACÍFICO

▲ En el suroeste se encuentra la zona de desiertos.

Climas de Estados Unidos

- Tropical
- Desierto
- Semiárido
- Mediterráneo
- Subtropical húmedo
- Marítimo
- Continental húmedo
- Ártico
- Montañoso

NORTH DAKOTA

MINNESOTA

SOUTH DAKOTA

WISCONSIN

MICHIGAN

VERMONT

MAINE

NEW HAMPSHIRE

NEW YORK

MASSACHUSETTS

RHODE ISLAND

CONNECTICUT

NEBRASKA

IOWA

PENNSYLVANIA

NEW JERSEY

DELAWARE

MARYLAND

ILLINOIS

INDIANA

OHIO

WEST VIRGINIA

KANSAS

MISSOURI

VIRGINIA

KENTUCKY

◀ La zona este del país tiene clima húmedo.

OKLAHOMA

ARKANSAS

TENNESSEE

NORTH CAROLINA

SOUTH CAROLINA

MISSISSIPPI

ALABAMA

GEORGIA

TEXAS

LOUISIANA

FLORIDA

Hay una pequeña zona tropical en el extremo sur de la Florida. ▶

Alaska es el único estado de Estados Unidos que tiene clima ártico. El monte McKinley, el pico más alto de Norteamérica, se halla en Alaska.

ALASKA

+

Monte McKinley
20,000 pies (6,000 metros)

En la zona ártica, los inviernos son largos y los veranos cortos. Viven allí osos polares y focas, además de caribús, pequeños roedores y una gran variedad de pájaros. Por lo general en la zona ártica cae mucha nieve durante el invierno.

Este es el territorio de los inuit. En tiempos pasados, los inuit vivían durante el invierno en casas llamadas iglús, hechas de bloques de nieve. Usaban trineos tirados por perros para viajar sobre el hielo. En el agua, usaban kayaks, botes angostos hechos de madera y pieles de animales como renos o focas. Algunos inuit aún los usan.

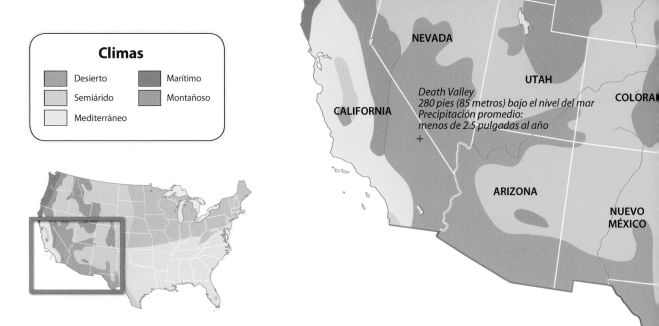

NEVADA

UTAH

COLORA

CALIFORNIA

Death Valley
280 pies (85 metros) bajo el nivel del mar
Precipitación promedio:
menos de 2.5 pulgadas al año
+

ARIZONA

NUEVO
MÉXICO

Dicen que Death Valley (valle de la Muerte) es el lugar más caluroso del mundo y el lugar más seco de Norteamérica. Está en un desierto. En el verano sufre los extremos más agudos. Sin embargo, los inviernos y la primavera son bastante agradables.

Normalmente, en los desiertos cae muy poca lluvia. Ha habido años durante los cuales no llovió ni una gota en Death Valley. Pero un año llovió

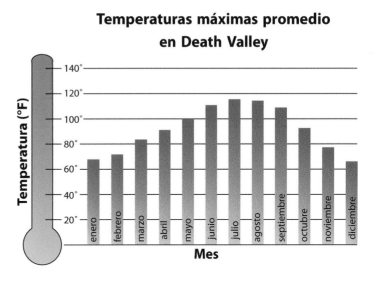

Temperaturas máximas promedio en Death Valley

tanto que las lomas se cubrieron de lupinos azules y amapolas anaranjadas en la primavera.

A pesar del calor y la sequía, aquí hay 51 especies de mamíferos, la oveja llamada *bighorn* (cuernos grandes) siendo la más grande.

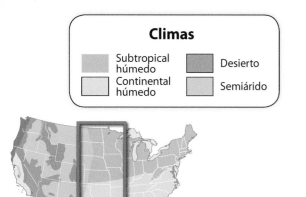

Climas

Subtropical húmedo

Continental húmedo

Desierto

Semiárido

NORTH DAKOTA

MINNESOTA

WISCONSIN

SOUTH DAKOTA

NEBRASKA

IOWA

ILLINOI

KANSAS

MISSOURI

OKLAHOMA

ARKANSAS

TEXAS

Por el centro del país se extiende una zona de grandes llanuras. En la parte este de esta zona, el clima es húmedo. Hacia la parte oeste, se vuelve semiárido. En el pasado, por aquí pastaban enormes manadas de bisontes o búfalos.

Hoy día estas llanuras se usan para ganadería y agricultura. Se cultivan principalmente el trigo y el maíz. Todavía quedan algunos búfalos salvajes, pero hay muchos menos que antes.

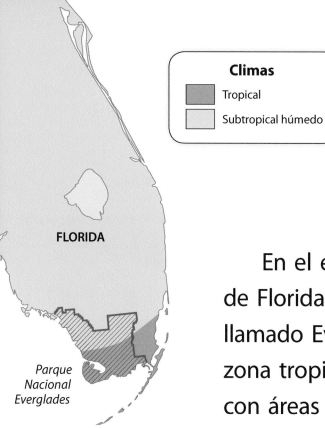

Climas

- Tropical
- Subtropical húmedo

FLORIDA

Parque Nacional Everglades

En el extremo sur del estado de Florida hay un parque nacional llamado Everglades. Está en una zona tropical de alta humedad con áreas pantanosas, cubiertas en algunas partes con agua dulce, en otras partes con agua salada.

Este parque fue creado para proteger la gran variedad de plantas y animales de la zona. Aquí se encuentran el manatí, la pantera de Florida y el cocodrilo americano, entre muchos otros animales.

Cada región del país contribuye a la riqueza geográfica de esta gran nación en que vivimos. ¿Cómo es el clima donde vives tú? ¿Qué animales u otras cosas especiales tiene tu zona?

Glosario

agua dulce *n.f.*   agua que no proviene del mar. *Los exploradores buscaban desesperadamente un río, un lago u otra fuente de agua dulce.*

agua salada *n.f.*   agua que proviene del mar. *El agua salada hace que se oxiden los botes con casco de metal.*

diversidad *n.f.*   variedad, gran cantidad de cosas distintas. *En esta tienda se vende gran diversidad de aparatos de cocina.*

llanura *n.f.*   extensión de terreno llano, sin lomas ni montañas. *En las llanuras se puede ver muy lejos.*

marítimo *adj.*   se refiere a climas con temperaturas moderadas y bastante lluvia durante todo el año. *La gente de la ciudad de Seattle siempre lleva impermeable porque vive en un clima marítimo.*

mediterráneo *adj.*   se refiere a climas con temperaturas moderadas todo el año y veranos sin lluvia. *En muchos climas de tipo mediterráneo, no nieva nunca en invierno.*

pantanoso *adj.*   se refiere a terrenos donde el suelo está saturado de agua, con charcos y ciénagas. *Los cocodrilos se hallan con frecuencia en terrenos pantanosos.*